U0681157

诗剧

普及美学原理

邱伟杰 著

ZHEJIANG UNIVERSITY PRESS
浙江大学出版社

图书在版编目（CIP）数据

诗剧　普及美学原理 / 邱伟杰著. -- 杭州 ： 浙
江大学出版社，2022.7（2022.8重印）
ISBN 978-7-308-22660-8

Ⅰ．①诗… Ⅱ．①邱… Ⅲ．①诗剧－剧本－中
国－当代 Ⅳ．①I238.1

中国版本图书馆CIP数据核字(2022)第086036号

诗剧　普及美学原理

邱伟杰　著

责任编辑	张　婷	
责任校对	顾　翔	
封面设计	violet	
出版发行	浙江大学出版社	
	（杭州市天目山路148号　　邮政编码　310007）	
	（网址：http://www.zjupress.com）	
排　　版	杭州林智广告有限公司	
印　　刷	浙江海虹彩色印务有限公司	
开　　本	787mm×1092mm　1/32	
印　　张	4.5	
字　　数	40千	
版 印 次	2022年7月第1版　2022年8月第2次印刷	
书　　号	ISBN 978-7-308-22660-8	
定　　价	45.00元	

诗剧简介

　　七个武士在比武大会之后，受其师焚琴子指引，要去寻找世间最厉害的高手，以弥补自身的不足。他们来到一座皇宫的废墟，闻歌而心动，并认定那美少年歌者必是他们要寻找的仙师。但少年如幻影般消失了。他们随后经历了千难万险，夜入巨宅，沉陷化蘖池，又深入万仞山，受冰精王迷惑，终于逃离围困，泛舟出海，直至寻到未来生活的新大陆。作者将其美学著作《普及美学原理》改编成诗剧，以寓言的方式向观众陈明什么是美，什么是美学（东方品质美），什么是普及美学（本来美），什么是美学经济学，以及后浪兴趣时代的生态生活，是一次颇具文化自信的审美探索，是戏剧与学术结合的先锋尝试。

剧本的主旨是为了表达：自粗放经济后，现在的人们对财富的新理解。在著名美学研究者邱伟杰先生看来，美是这个时代最宝贵的财富，是民族文化现代化的最高境界。他根据自己的学术著作原创的这部诗剧，以学术的理路为精神核心，以戏剧的手段为审美引导，最终在剧场里达到一次灵魂的净化。正如导演阐述中说的："将学术的冰山和诗歌的火山框限在戏剧的糖果盒里。"

此剧 2021 年 1 月于广州公演，获得观众、学术界和媒体的一致好评。

为研究、传播和文献保存的缘故，特此刊印单行本，以飨读者。

邱伟杰，1974年生，浙江金华人，诗人、剧作家、美学学者；南京大学美学与文化传播研究中心研究员，副主任；北京市美学会会员，普及美学课题组组长；中国作家协会浙江分会会员；浙江省金华广播电视大学教授。

作品有美学文集《美的人》《味的人》，学术专著《普及美学原理》。

邱伟杰先生首创"本来美"概念，其主要美学理论是：以东方品质美学为基础，探索美学在当代生活中的价值，以及美学与经济学的关系，并侧重青年一代的价值观。

目 录

美

［在一座皇宫的废墟上，秋夜，冷月高照。

［有美少年上场，戴着面具，月下面目不清，身形俊逸而伟岸。

美少年的歌：

有一种感觉，

我难以磨灭，

它令我舒畅，

难以忘却！

它好像一把刀子，

叫我生，令我死。

它好像一担谷米，

饱我肚腹，养我生息。

它是一壶酒，

令我欢喜，带我神游。

它是一堆篝火，

我变光明，万人呼求！

它是一座桥，

挡风蔽雨，托我过河。

它是这明月，

伴我归程，唱响凯歌！

这月光从何处涌来？

这月光又照向本来！

这地方毁灭了，

何日再重建呢?

这是终点,这是起点,却都是未来!

[有七个武士刘谦、易荣、司马英华、尉迟灵明、王公实、于其悯、芝正在丛林中经过,闻歌而驻足。

[美少年下,武士上。

[武士的议论。

刘谦:

你们是祭司,

你们是国王,

你们是商人。

而我们,是武士。

七个武士,

被遗忘的武士,

最后的武士。

难道我们和他一样

都被埋没在这废墟和丛林中吗？

易荣：他是谁？

司马英华：

他好像一把刀子，

叫我生，令我死。

原来，勇气就是刀落生死两分明。

你让我看见：

孤身持刀冲向恶龙的啮锋。

理想藏身浪漫中不朽。

尉迟灵明：

他做得到，

挡风蔽雨，托人过河！

把他请回家乡，

炊烟和禾苗就可以欢歌悦舞。

王公实：

我可以像他一样吗？

我变光明，万人呼求。

让那些欺辱我的贼子，

把眼珠子从天上掉落到我的脚下。

于其悯：

他一边酣畅神游，

一边还感慨着衣食之源。

巨龙飞天还眷顾着蝼蚁的疼痛，

天上的明月关爱着每一道沟渠。

大悲悯啊！

我是花卉，他是山。

芝正：

你舞祭着废墟往日的荣光，

你追寻着废墟重建的思想。

公正的天平倾斜了，

你带来了古老秩序的方向。

易荣：

凯歌在奏唱，

荣耀在前方。

我警惕着你啊！

五体却已匍匐在地上。

刘谦：

这月光又照向本来，

你竟串起终点和起点。

你是我一生临摹的背影，

目光所指，凝聚世人的心愿。

于其悯：

我，于其悯，十九岁，

你们天天梦见我的美，我的良善，

在摹仿我的温柔和悲悯中回到十八岁，

可是我身怀绝技，让你们永远小我一岁，

大都市的时尚小我三岁。

我代表武士的怜悯。

王公实：

我，王公实，身体和心灵上满是伤疤，

你们说商人里面我武功最高，

那是因为我平民出身，还总是挨揍。

我要用尚武来捍卫心中的烛光，

诚实是我的武士之魂。

芝正：

我，芝正，正当青春年华，

他们说我明亮、智慧、公义。

我讨厌我的男人，

我宁愿离家出走，与你们为伍。

我是从地狱深渊中生长的荆棘，

决心刺破地壳接应西弥斯的天秤，

我奉守武士的公正之道。

易荣：

远古的神兽捍卫我家族，

易氏的荣光赐我青春美丽。

武士的荣耀由我易荣传承。

我已训练好身体里的每一个细胞，

为追随阿波罗的光明化身利箭。

司马英华：

我，司马英华，

我的风流令江河一泻千里，

我的风情叫众山屏气肃穆。

我敢与火箭并肩进攻星辰，

我想让太阳将邪恶烧成大地的养料。

我代表武士的英勇。

尉迟灵明：

我来自大山，

山神叫我尉迟灵明。

我和地里的植物、水泥里的庄稼都说过话，

浓缩的精华必然敏捷和灵巧。

其实，我想浓缩成一颗种子，

开花结果时令所有的乡人丰足。

山神赐我武士的灵性。

刘谦：

师友谬赞我智慧、隽秀、谦卑，

不惑之年却还在经书中迷惑。

我尊重地上的人类如同尊重满天星辰，

如果，你们中的一半相互换个住处，

我对在世间的光明实验会更具信心。

武士的谦卑植入我内心。

尉迟灵明：

我们行走在追寻武神的路上，

何以驻足？

思绪潮涌激荡。

他是我们要找的人吗？

易荣：他一定是武神！

芝正：他让我看见秩序的方向！

王公实：冷静！我们需要智慧和理性！

刘谦：这废墟到底是神的宫殿，还是魔的幻相？

于其悯：老师告诫说……

大家齐声：对！焚琴子！

刘谦：焚琴子是在世的仙人，那年九月初九，他在灵会山上书告天下，比武招徒。我在千年前的典籍中查到他的遗迹，传说他在焚琴煮鹤的时代就愤然死去，在希望曙光的时代就会重回人世。

易荣：只有美而有力者才能参赛。

司马英华：比武开始后，必须在七天七夜之内，登临山顶。

尉迟灵明：那么多陷阱，还有诡异的鸟兽！

于其悯：可怜前三天就淘汰了几万人。

王公实：到第五天听说只剩三百余人。

芝正：山顶的百人比武倒也相对公平，男女分组，规则合宜。

易荣：最后只有我们七人荣耀胜出！

刘谦：焚琴子教导了我们几个春秋，却又好像才过了几天。但焚琴子告诉我们，说我们每个人都各具独门绝技，百人难敌，却都有重大残缺。

王公实：他说如果我们七人能够合体，才是真正完备的无敌武神。他说世上真有这样的高手，他见过，但他不是。

于其悯：焚琴子让我们下山再拜高人。还说我们一旦见到这人，一定能够认出来！

王公实：我们已经找了多久了？

刘谦：

我们找遍了都市和荒山，

从未像今天这样震惊和迷茫。

那少年的歌凝固了时空，

我们的思想被他装进了行囊。

那少年的歌抹去了森林，

这王宫的废墟和月光都成了他的衣衫。

易荣：一定就是他，我难以言表！

尉迟灵明：

雷鸣般的声音在我耳边响起：

他就是无敌的战神！

武士的灵性告诉我，

那壮游历经的山水在引领我们。

司马英华：英勇不是螳臂当车的莽撞，他让我看到运用武器的能量。追随他，我能得到理性光芒下的果敢。

于其悯：看到他，让我明白怜悯不只是关怀眼前的悲惨意外，还有过去、现在和未来。追随他，我能把时尚拉下神坛，将时间从铜钱的方孔中解放！

王公实：看见他，我不再惶恐于财富的到来和失去，明白诚实是忠于自己的灵魂。追随他，我能变身光明，让万众呼求。

芝正：看到他，我坚硬的心灵开始徘徊，天平在不同的维度晃摆。追随他，我能找到永恒的支点，安置好公正的秤台。

易荣：他的凯歌，令我血脉中的神兽复苏，我变得半人半兽。追随他，我看懂了——月亮的阴晴圆缺才是荣耀之光。

刘谦：他令我虚无，我的身体和魂魄散落到了九州。我已分不清我是星辰还是风。追随他，我聆听到罪错和软弱，领会到成全救赎的秘诀。

尉迟灵明：原来，一切都是内心的引领！

易荣、司马英华、于其悯：他已然全胜，在彼岸向我们召唤！

众武士：我们一定要拜他为师，成就无敌！

武士的歌：

那青草上有他的足迹，

那石头上有他的汗渍；

那月光中有他的气息，

那空气中有他的叹气。

那废墟上窥见他的魄力，

那冥冥中留下他的恩赐！

美学

[野犀岭，杳无人烟。月圆之夜，六武士（刘谦不在）聚于半山，远望沟壑对面松林茂密，有金顶掩映其间。

　　[六武士的议论。

　　于其悯（远眺金顶，望月，叹气）：谦兄久去未返，我忧心忡忡，吉凶难测。

　　尉迟灵明：猛龙焉怕入虎穴，他是在向母老虎布道吧！

　　易荣：百战英豪岂怕浅滩？

　　王公实：许是迷路了？

于其悯（惊叫）：鬼！

众人（警备）：在哪？

于其悯：我是说，那金顶不会是鬼窟吧？

[众人无语。

司马英华：月近当空，踏着这月光，我们前来寻找武神。难不成月华倒成了遮蔽，令谦兄迷失了？

芝正：雁群不弃孤雁！

于其悯：算来已近一个时辰。我心悸眼跳，似有不祥。我要去寻他！

易荣：他自逞能，要去探路，何必为他操心！

尉迟灵明：经书给他洞察万物眼，巧舌能令松石拜服他。打不过，他也说得过。静憩等他吧！

芝正：虎不会飞腾，龙不能钻穴，我们七人谁无残缺？

尉迟灵明：山里的老人告诫我，夜不入野外

独屋，他却说我胆怯，迷信。还非说金顶明烛必是大户，他去帮大家寻觅大鱼大肉和暖炕。

芝正：公正住在我们心房，热心驱动了他双脚。

于其悯：别说了，你们不去我去。我听见谦哥在求救！

王公实：如今月上树梢，未见人影，总要去找找的。

[六武士下。

[暗转。六武士寻至沟壑对面，果见巨宅，灯火通明，便凑前观瞻。原来刘谦正与屋里主人饮酒，酒酣，乐而忘返。

[屋内，四人与刘谦畅饮，一老叟与一女两男。一女美，一男俊，另一男极丑，然神色傲慢。六武士凝神观察。

刘谦（起身，仰头喝一杯酒，对着俊男说）：

先生果然学贯中西，鄙人心悦诚服，满饮此杯。

〔室外。

于其悯：这女子风流妖媚，莫非真是狐狸精。

司马英华：这丑男人，厉鬼都被他吓跑了，还将傲慢当姿态。哪有什么鬼敢上门？这里必是大户。

〔室内。

女子（起身抚着刘谦肩膀）：刘谦兄不愧文武贤达，学识渊博，还豪情爽利。不如我们赛文赌酒，以酬明月。刘谦兄以为如何？

刘谦：鄙人正想向几位高人请教，以解我心中之惑。

女子：那不如谁叹服一次，就满饮一杯。如此，每一杯酒，都是文曲星和酒神洗涤我们的心胸。

刘谦：大善！深山林密，诸位何以居此？

俊男：

我左心房住着奥林匹斯山众神，

右心房住着先秦诸子百家。

每一次心脏跳动都溢出灵光。

我可造登月梯与嫦娥共舞，

我可造入海阶去捉鳖戏龙。

凭此身手，避开俗世浊杂，

我等寻一番清净，挥斥乾坤。

刘谦（坐下豪饮一杯）：莫非先生通晓鲁班飞

鸢之术？

[室外。

易荣：文人都是嘴大吃宇宙。

尉迟灵明：莫非是我一语成谶，竟真有母老虎与他论道。

[室内。

女子（笑着，边说边在桌下用脚撩刘谦）：

非凡人物皆聚于此，
一呼一吸月圆月缺。
世间之谋尽出此屋，
刘君等会儿莫要耍赖喝酒！

刘谦（觑那女子，以脚反撩摩）：

刘谦习文究武，
为解心头迷惑，
能闻佳音清心，
岂让美酒荒置尊中！

[室外。

芝正：你那谦兄与妖精眉来眼去，桌下四条腿都快变成两条了。

[室内。

俊男：

赫尔墨斯的炼金术、占星术、神通术已化成我左手，
偃师、墨子、诸葛亮把机关术植入我右手。
奥丁神王的两只神鸦定期来我这补充能量，
他们分别代表思想和记忆。

［室外。

尉迟灵明：

我看他就是独自吞下太阳，
让所有光线只按摩他的心房。

芝正：

虽然武士可辟谷不食，
公平的秤砣推我们进入。

易荣：

武士的荣耀是各安其位，各承其责，
刘谦尚未向我们复命。
我们进去破坏了他的节奏，
荣耀的光芒上会因此存有黑斑。

于其悯：牛喝死了，他也没醉。

尉迟灵明：我们就在外面等他！

司马英华（略陶醉）：那俊男倒也倜傥清秀，好是可人。

[室内。

刘谦：先生通晓天文地理，集东西方术于一身，为何不入世帮助众生？

俊男：

我上观天象，下察数理，

最近研究几种绝学正是为此。

人类即将面临饥荒，

我预备下化草为粮术；

人类即刻面临贫困，

我修成了点石成金法；

人类不久将男女比例失衡，

我创立一种造人术来婚配得当；

人类终将陷入争斗，

我可控人心隐私，

虽有杀父夺妻之仇，

也必化干戈为玉帛。

我洞悉世间未来，

为人类备好了典范模式，

依我所规所训，

人欲之壑必能填满。

面对无数跪求，

要将脑髓交给我组装的人们，

请宽恕我的懒惰，

我只能帮你完成恢复出厂设置，

重新输入善恶对错的标准。

[室外。

王公实：说话办事要忠于自己的灵魂。他这话，上下嘴唇都找不到边界了吧？

于其悯：什么隐私都被他搜集掌控？！细思极恐！

[室内。

刘谦（连喝三杯）：先生心怀人类，学生感同身受。我代表人类向先生致敬！

女子：你可曾向往，人类的致敬投向你的心房？

刘谦：为天地立心，为生民立命，为往圣继绝学，刘谦一生都梦想——在人间实现光明的实验！

女子：

你们为人类包办未来的一切，
人类如何相信你们没有发疯？
我有让众生听从你们的方案，
价值远超三千三百尊酒。

俊男、刘谦（同举杯，一饮而尽）：愿闻其详。

［室外。

于其悯：这死狐狸精又在撩谦哥！

［室内。

女子（边说边继续撩刘谦）：

人类迷信排场，

人类膜拜牌坊，

你没名没分，

纵捧出和氏璧也无人信。

我有排场可令人眼瞎耳聋，

我有牌坊可令人以粪为食！

若想让人类一齐乘坐你思想的列车，

你要学会在脑后安装祥和月轮。

[俊男忍俊不禁，别转脸，向着武士所在的窗
口，用手把脸撕开，露出狰狞的鬼脸，擦了擦脸
皮，又装了回去，然后转回头去。此时，刘谦又
狂饮三杯。

[室外。

王公实：鬼！那人是鬼吗？

于其悯：太丑了，比螳螂还可怕！

［室内。

女子：

你要为脸上的每一根汗毛装上名堂，
言行举止和衣食住行都要撒上彩虹的色板。
你要敢于把肉体献给一切给你舞台的人，
你要敢于把灵魂奉呈给一切为你背书的人。
这样，你的牌坊所指就是我们人生的希望。

［室外。

王公实：她脸上的脓包粘着睫毛！
于其悯：她的目光击碎了我心脏！
尉迟灵明：你们看，刘谦的双腿爬满了蛆虫，
那女子双腿竟是由蛆虫窝垒成的！

［室内。

刘谦：那岂不是画张美人皮往身上罩？（转念一想）小娘说得也在理，只是你一言戳破窗户纸，说话信息洪流太突兀！

女子（站立起来，凌然地）：

不！为了人类的福祉，
刘君，你的残缺让你不能决绝。
世上光明的实验需要你来引领，
你要英勇地在脑后装上这眩目的光晕！

灵魂和血汗被压榨成体面、场面、情面的红包，
这红包是搭建各家牌坊的三块砖头。
哪尊牌坊不是忘恩负义换回的祖宗根？！
哪尊牌坊上不是涂满了杀人灭口的鲜血？！

为了你的思想光照人类，

你不入地狱，谁入地狱？！

[刘谦感慨激动地大饮三杯，此时，那女子说激动了，别过头向窗口咳了一下，用手撕开脸皮，拭去鬼脸上的汗水，再按回人皮。

[室外武士惊悚，众人向后退几步。

[室内，席间敬酒频繁，四者设谋灌醉刘谦，俊男与刘谦佯装畅饮，另三者掩护俊男偷偷将酒倒掉。

[室外。

司马英华：还商量什么，刘谦已命悬半空，速灭鬼窟好心安。

易荣：冷静，武士的荣耀需要必胜！

尉迟灵明：我包里常备桃木剑，你们快去寻杀鬼的法宝，厨房的大蒜也是杀器。

于其悯：我要留在这，我要亲自看着谦哥才

放心。

[室内。

刘谦：今日刘谦何其幸也，得遇诸位高人。不知其他两位还有什么指教？

丑男：

人类用了你们的治世良方，

他们的药方就无人抓药。

环扣密匣的铁链上，

要涂上你们的色彩，

资本的大神你们要拜好！

[刘谦在女子的起哄下又喝了三杯。

[室外。

于其悯（对易荣）：没事！千杯填不满他肚腹！

易荣：他武功高超，鬼怪也不敢在他没醉时下刀。咦，那老者长得颇具王者风范，不语而压全场。他也是鬼吗？

[室内。

丑男：

人的成败只在于资财，
是神是鬼由铜钱划定。
我的资本掌控这人间所有的财富，
千金万银可填满四大汪洋。

天生我相貌，谁人说丑？
所有父母都将孩子依我的形貌整容！
千万美女争相手捧贞洁在我鞋底，
专家权威跪求我接过指挥棒。

谁都想吸入我喷嚏中的一粒沫屑，

去做血液中有我 DNA 的证明。

有钱能使鬼推磨，

有钱也能使神推磨，

漫天鬼神 996，

都在为我打工！

女子：刘君速饮此三杯，资本送你登天梯！

刘谦（果断痛饮三杯）：兄台此话，驱我迷雾，佩服，敬仰！代表人类向你致敬！

女子：你可知道这尊长是谁？你能见他是你福分！

刘谦（拱手为礼）：还请尊长赐教！

老者：

万事不敌权势，

他们都拜我为父！

有权就可霸财（丑男起身鞠躬），

有财可买排场（女子娇叫一声"爹爹"）。

智慧做我的手电筒（手指俊男），

光明由我播撒，

我不照射，只有黑暗！

晨牧人间两足兽，

白骨为我做锦绣。

人尽鱼肉献媚刀俎，

幼子童女的灵魂当丝线，

在脸上编织献祭的神坛。

我变态，我变态，

我想变态又怎样！

我要建一座超级粪池，

容得下多国海军演习的战舰，

就在我的床头，就在我的眼前！

公开招标，征集建造粪池的砖石，

多少人，自愿进献他们爷娘的墓碑，

来填粪池的坑底，来讨我的欢心。

呵呵，石碑堆积如山，远超需求！

[室外。

尉迟灵明：东西找到了吗？

司马英华（从背后拿出个骷髅头递给尉迟灵明）：给你，满厨房的蒜头变成这骷髅头。

易荣：我们备战伺机动手。

于其悯：三五小鬼不够你们分，我就不去抢功劳。

芝正：为什么？你不最挂心谦哥吗？

于其悯：太丑了，我被螳螂催眠过，这些恶鬼的脸蛋是催眠速效药。

[室外武士正说话间，看见室内丑男也转过身来面对窗户，撕开脸皮，抹去鬼脸上的汗，露出

的竟是一张绝世美人的脸，抹汗后又按回。

于其悯：天哪，这鬼竟然是绝世美人！

司马英华：那你就打这绝世美人吧，他脸皮掉下来赛鲜花。

于其悯：他更可怕，忽男忽女的，太诡异了！

易荣：好，把风就靠你担当。

尉迟灵明：我也不想和鬼打照面。

易荣：你的桃木剑也喝醉了吗？

尉迟灵明：谁还有多出来的玉器？小挂件也行。

[室内。

女子（走近刘谦，挽手臂，极尽风骚）：刘君必能成就百世英名，千古流芳。我与你同饮三大碗。以后莫忘记照顾小娘。

〔刘谦满脸通红，豪情端碗，第二碗未喝完酩酊大醉，倒下。

　　〔屋中四人大喜，大笑丢去人皮，剥去其衣衫，置刘谦于案上。此时于其恼见鬼脸忽现，惊昏倒地，易荣去扶，两人拦住了后面诸武士，手忙脚乱。又此时，丑男一把抓刀，欲拔刀砍向刘谦颈脖。众武士骇然破窗，窗破。刀举，千钧一发。不料雄鸡唱晓，众鬼骇然停下动作，天色将明。

　　〔有风大起，卷起尘砾，巨宅如泡沫幻灭，金顶遁入地中。狂风四作，众人几近凌空，抱树而敌风。风去，万籁俱静，日头升起，照彻松林，巨室已化为草芥尘灰。

　　〔众武士聚拢，见刘谦昏厥于断崖上，四周有坟四座，碑上有字，曰：先知、明星、资本、君王。芝正、于其恼直奔刘谦；易荣、司马英华、尉迟灵明缓步走向坟碑，大声口诵碑文；王公实徘徊犹豫，也奔向刘谦。忽闻樵夫歌："凤兮凤兮何德之哀，往者不可谏，来者犹可追。"徐歌徐近，七武士拦住他。

　　易荣：敢问老丈，这四个坟碑有何缘故？

　　樵夫：众君请看（手指高崖，那处有字）。

　　众武士诵读：废都！

　　樵夫：此乃圣人所弃之地！人贵在知贵贱，
人往高处走，水往低处流。鱼游于水，虎踞于山，
众物所立都是依照天赐的秩序。众生不肯依天赐
之位而立，高者居低，低者攀高，必颠倒乾坤。

　　［樵夫言罢，又唱"凤兮"歌欲去。易荣追
上去。

　　易荣：圣人是何人？

　　樵夫（边走边朗唱）：美若星辰，唱奏凯歌。
决断生死，直照本来。

　　七武士：一定就是他！圣人一定就是武神！

　　易荣：是武神曾经弃了这里，留下这四座坟

碑点化众生。

刘谦：

以贱为贵，

弃贵求贱。

别人不要的，

你却当作宝贝。

先知、明星、资本、君王，

这些原都是迷糊眼目的遮蔽，

多少人陷入其中不能自拔！

啊，我要寻的美少年，

他怎能是这般品质！

普及美学（本来美）

第一场　灵会山上

[焚琴子在灵会山上，这夜月圆转缺，雾笼山顶。有巨石在身侧，他倚靠而诵叹。

焚琴子：

今夜的月光与云雾媾和，
漪艳的呼吸布满山巅。
我常倚坐巨石俯察时间的洪流，

每一个漩涡和泡沫都印烙在它身体。

这一颗颗粗砾的突兀，

是人世间的兴盛败亡。

这巨石仿似历经远古以来的所有雷霆，

这巨石好似从未来逆归而显得苍老。

你变幻的心情，

就是我生死的依凭。

焚琴煮鹤的时代我就死去，

希望曙光的时代我重问人世。

这生死轮回就在你的石芯，

压出一杯美酒和阳光爱恋。

我在这巨石上看到时针的荡摆，

从野蛮到文明，

从道德到纵欲。

从刻板到质朴，

从天真到冷漠。

从日光化身怜爱，

从星辰化身凡人。

每个人的身体就是满天星辰，

从凝聚到爆炸，

从迸射到归一。

天化文以布山川河湖，

地应质以化品物隆盛。

是以一磨砺万物之品，

还是以万品以磨砺归一？

你们走出废都了吧？

那些愚艳丑傲的绊住了谁的足？

那处的雾和月光也在调情吗？

交欢的麝香味再浓郁也盖不住腐臭。

人是残缺的，

人也是漏风的，

人总是要找寻那大能来挡风蔽雨，

人岂可祭雨伞、蓑衣做神灵呢？

残缺令你们生就怯懦，

你以为躲进大能的光照下，你就是大能吗？

知识是自由意志的拐杖，

是前贤的本来临摹大道得道后的残躯。

媚人的明星本是玩具，

人岂可为玩具的得舍而要死要活！

资本是狼性的利齿，

谁人甘愿是丛林中的猎物！

膜拜权力就是奴才的幻想，

学做好奴才就不流血汗吗？

巨石啊，你怎么笑得变成镜子了？

月光喷向云雾的光晕被你吞下了吗？

这云雾厌弃的东西被你视为珍宝，

人，为什么总在颠倒贵贱中狂傲！

巨石啊，你告诉我，

武士们会做怎样的选择？

第二场　渡河的代价

[一条弱水河，不知所来，难测去处，鹅毛不浮，河水死寂而暗涌，半江水墨半江雾。河畔七武士聚在一起。

芝正：

他要我的目力，

给他又怎样？

我的耳朵可以听到千里以外，

顺风耳完全可以替代千里眼！

尉迟灵明：

他要我的味觉，

给他又怎样？

我尝了太多的人世辛酸苦辣，

我正愁这苦难的滋味，

如今无滋无味，多么清爽！

王公实：

他要我的笑容，

笑容有何用处？

我为山川湖海而笑，

我为他人的成功而笑，

我为鸟鸣和桃花笑过，

我为美人和礼物笑过，

我为眼泪笑过，

我为欢笑而笑……

可是，不笑又怎样？

笑，是多么平常！

他拿去笑，我还有万千表情，

这些足够了，

人生何必笑呢？

多少时候，我们不是干笑呢？

于其悯：

他要我的眼泪，

拿去好了！

眼泪正是悲伤的注解，

从此不再哭泣，

只余欢笑！

另外，我可以将我的欢笑租给你，

你没有欢笑却有眼泪，

为什么我们不可以交换一下？

你的眼泪借给我，

我们免费互享互用。

司马英华：

啊，他要我的阳光，

谁没有阳光？

阳光是免费的。

还有空气，

空气也是免费的。

他想要，

他太愚蠢了！

这些，本来就是白白地得来的。

还有我母亲给我的护身符，

那不过是一只布老虎，

根本不值什么钱，

我以后可以有铜老虎，金老虎，钻石老虎！

刘谦：

他要我的健康。

健康算什么？

人如果没有荣誉和地位，

活在这个世界上还有什么价值？

用一部分健康换得高人一等，

拿去好了！

易荣：

这些与生俱来的东西，

谁要谁拿去！

王公实：

从无知到有知，

从拙朴到时髦，

从乡下到大都市，

从不名一文到惊天动地，

这才是我们要追求的，

我们怎能守着天生的残缺不放呢？

尉迟灵明：

我等行走天下，

不就为了成为大能又大能的人上人吗？

如今好了，

我们遇见这样一名愚蠢的巫师，

他要我们这些与生俱来的东西。

这是一桩多么便宜的买卖，

给他给他，统统给他，

换一张驶向胜利的船票！

芝正：

看，眼前是一条过不去的河，

船会沉下去，

鱼儿会沉下去，

光线会沉下去，

飞鸟会沉下去，

连飞鸟的羽毛都会沉下去！

司马英华：

这就是弱水河，

它那么轻，

人说它连羽毛都承受不起。

幸亏我们遇见了他，

他是守护渡口的巫师，

他答应我们将起初和本来给他，

就会获得前途与将来。

过去的日子都过去了，

谁会稀得要过去？

用过去换将来，

用起初换现在，

众武士：值！

芝正：我要那渡河的甲板。

刘谦：我要那渡河的船身。

于其悯：我要迎风扬起的风帆。

尉迟灵明：我要划开弱水的船桨。

王公实：我要那把持方向的船舵。

司马英华：还有那航行的速度。

易荣：还有那超过浪头的高度。

于其悯：

看哪，我们已经过来了，

我们终于渡过了弱水，

我们快要上岸了，

我们已经抵达彼岸！

司马英华：

看哪，那个巫师，

他在对岸向我们招手，

他为什么忽然容光焕发，

忽然摇身变成一个少年？

难道他就是月下的那个美少年？

王公实：

听！你们听到歌声了吗？

那熟悉的歌声，

难道竟来自那个愚蠢丑陋的巫师？

他怎么一夜之间就换了身形？

难道他用了我们所给的本来和起初的能力，

就获得至高的武功？

尉迟灵明：你还看得到那么远吗？

芝正：你还尝得出幸福的滋味吗？

于其悯：你渡过了弱水却已然不会笑了吗？

王公实：你或者也不会悲伤落泪了吗？

刘谦：你难以呼吸了吗？你照不到阳光
了吗？

易荣：你为什么惴惴不安，是丢了护身符吗？

于其悯：

啊，谦哥，你病倒了，

你的健康给了那个魔头，

你再也不会好起来了吗？

芝正：

这里阴沉沉的，

一丝光线也没有；

这里闷得我窒息，

连一丝空气都没有。

我的脚步抬不起来了，

我眼睛迷糊，竟看不见你，

英华姐姐，我想我已经瞎了，

我连你衣服的颜色都辨不清了。

王公实：

谁来帮帮我，

为什么我看见你们的嘴在动却没有一点
声音？

我聋了吗?

我觉得我快要死了,

死神已经追上我们的脚步,

我们却跑不起来,

我们快要灭亡了!

尉迟灵明:

原来他走向了生,

我们走向了死。

我们吃亏了,

我们渡过这河,

原来是走向了绝境!

我们上当受骗了!

[歌队与武士的问答。

歌队:不,你们没有上当! 巫师并没有欺骗你们，你们付出的是本来，是初心，你们将质朴当作廉价，殊不知这是最昂贵的本钱。人倘失去了本来，就丢掉了性命。有什么比空气、阳光和与生俱来的质朴更贵重的呢？这些都是免费的，都是命运恩赐的。可是，天下总是免费的才是最贵的。那巫师本是一名失败者，他除了拥有困难，一无所有。他用困难去换你们的最贵重的所有，你们得了困境，他却得了解放。

刘谦：那他会永生吗？他是我们要找的那个少年吗？

歌队：不，没有永生，这个世界上没有永生。他也不是你们要找的人。你们在废墟上听见的歌，那是之前，可巫师的幻化是现在，是眼前。谁可以让时光倒流呢？还记得你们的老师讲的话吗？你们七人在一起，就是全备的大能。现在，巫师得了你们的全备。

司马英华：这意味着，他成功了，我们失败了。

歌队：不，他获得的是你们的本来，别人的本来怎能成为自身的本来呢？那不过是幻相，一时明亮，过一会儿就灰飞烟灭了。

芝正：那我们怎么办呢？

歌队：你们退回去吧，按原路退回去吧！这个地球上的路可来可去，走哪一条路是天赐的自由意志。你们退回去，巫师就死了。你们完全可以走另一条路。这弱水挡住你们的去路，还有重水或者就是生路。

[于是，武士们按原路退回。

普及美学经济学

第一场　最后的酒馆

[海上之岛，传闻乃蒙面武神所建之城堡，众武士寻迹而来。城堡名为"万仞山"，堡中之王武艺超群，俊朗而蒙面，号"冰精王"。众武士以为寻到了无敌武神，因冰精王深居简出，众武士加入其堡，协助城堡不断发展建设。市民在冰精王的庇护下，无天灾人祸，丰衣足食，经济繁荣，唯不断扩增城墙，积极推进冰精王理想。

[城堡内最后一家酒馆，位于寿衣店的地窖之

中。二更天，昏灯阴森，酒馆内只有一个酒保，酒架上间陈三五种酒，没有其他客人。刘谦醉眼晃足地入内，于其悯、芝正、尉迟灵明随后。

　　[四武士与酒保的议论。

　　于其悯：谦哥，你回应此处门禁密码，对答如流，如同归家，真是达者无路不通啊！

　　芝正：此城竟还有酒馆？

　　刘谦（醉酒状态，气粗声噪）：酒不喝酣誓不休，最后的酒馆，最烈的酒！

　　尉迟灵明（痴笑狂语）：还有比万仞山的空气更烈的酒吗？

　　酒保（在刘谦的拍案声中）：酒壮英雄胆，烈酒慰苦身！

　　于其悯：先生，给他最凶烈的酒吧！他只在梦醉中才能回到家乡。（手护刘谦，痛心）此处安全吗？

　　酒保：就让忧愁伴随酒水一起进腹吧！最后

一家，怎么说，也是最后一家！

芝正：最后一家？！

酒保（手指上方）：乾坤大挪移秘咒，万仞山在寿衣店留出热血传奇码头。

芝正：人死了，还有码头？肉体僵冷又何来的热血传奇？

酒保：冰精王曾有启谕："生不抱遗憾，死必圆梦想。"此寿衣店故此取名为"热血传奇寿衣店"。

尉迟灵明：商人王公实请雪翁题词："肉身的冰点，就是灵魂沸腾的起点！"

刘谦：雪翁啊！酒是我家乡，我不要在异乡！

尉迟灵明：你的异乡已经是他们的家乡，（手指上方）王公实的买卖风生水起啊！（狂喝一口）易荣是大骑士长了吧，死牢的因犯听到他姓名都发抖！

于其悯：司马英华主持万仞山授勋，挥舞着表彰和惩戒的一双利剑。

芝正：西弥斯女神的启谕被困于迷雾，几百道挡灾辟邪的城墙为何压得我窒息？

酒保：女神的天秤，一头是光明一头是阴影，她的利剑在此迷失了方向。

于其悯：你是酒保还是阴影？

酒保：我会在太阳上班前退休，这酒馆是我吊唁青楼赌场的时空港湾。我的娱乐王国死亡于301道墙到399道墙。

芝正：时空港湾能真假轮回吗？第100道墙让岛民远离天灾。

刘谦：雪翁那天接引我们到这万仞山。

尉迟灵明：第200道墙让岛民消灭人祸。

刘谦：雪翁那天引我们拜见冰精王。

于其悯：第300道墙让岛民无患外敌。

刘谦：万仞山就是桃花源，雪翁总是将一年收成中最精华的留给我们。

尉迟灵明：那时，我召唤山神，让炊烟托载着乡人们来这里安居。

芝正：那时，我在301道墙上安下公正女神坐标。

于其悯：那时，我在第340道墙上舞起了《云门》，王公实在360道墙上以日月打碟唱饶舌，司马英华摇动了远山和荒野的战鼓，易荣拨动了江河与溪泉的古琴。

刘谦：我在380道墙上以银河为酒泉大摆庆功宴，雪翁酒酣宣布闭关研创"冰冻修仙法"。

酒保：建390道墙时，烟档和酒馆都被查封，鼠洞里"零"烟蒂，阴沟里"零"酒糟，都是零，都是零！

刘谦（拍案）：酒是我家乡，我不要在异乡。

尉迟灵明：五感六觉的极限运动都破产了，纵欲浪子被423道墙的阳光重塑出肌肉。雪翁日食一餐，勇夺垒墙冠军，被冰精王授勋，弘扬他以一根蜡烛让人类的脊柱擎天！

酒保：你们在老鼠洞里喝酒，口里却撒着阳光的喷泉。冰精王要用理性的冰川消灭邪恶的火山，撒旦在人心中的种子遇热就会蔓延。荷官和妓女是往火山上添油的恶魔，老鼠和蟑螂饿死于438和439道墙。

于其悯：雪翁闭关践行冰精王的光明真谛，20度体温的举止声息悠长稳缓。我们忐忑着他是成仙还是透支血气，为国民，他坚毅地要探索出低温的生命秩序。

刘谦：雪翁忧患，狂热的生活会燃尽星球。

尉迟灵明：450道墙禁止了一切奢侈和虚傲，禁止以此欺凌岛民。没有了火车汽车，大家都只靠踩单轮车赶路。那天，雪翁体温只剩下10度了吧？他那慈眉善目是万仞山中的月亮。

芝正：他偏爱刘谦，总把私藏的糖果背地塞给他。

于其悯：谦哥隔天就去蹭饭，还每次帮雪翁挠背。

刘谦：他越来越虚枯了，眼睛却日益明烁，像极了我的爷爷。

于其悯：雪翁温润如玉，为何偏偏迷执于冰精王的思想？

芝正：460、470、480道墙颁布万仞山新法，上百个饮料品牌剩下五个健康饮料准售，上千种菜系只剩下三种进入健康食膳名单，穿衣只准保温遮羞，住房只准挡风避雨。

于其悯：只有体力劳动，不许脑力劳动；三百六十行缩减成三十六行，街头店铺八成已死亡。

刘谦：酒是我家乡，我不要在异乡！

于其悯：从什么时候起，你的眉毛上挂满醉吐的残渣？从什么时候起，你的眼睛痴迷地爱恋阴沟？

芝正：他串通路灯和夜间大排档召募阴间人，鼓励人类在虚度时光中寻找本来。雪翁批判他是伪造时尚的阴影王，迷惑未来的太阳用性情当柴火烧干骨髓。

刘谦：酒是我家乡，我不要在异乡。

尉迟灵明：第 570 道墙锁定了全城九点钟黑灯的按键。

酒保：此后每垒起一堵墙，就被查封一家地下酒馆。野狗和流浪猫都被乞丐吃光。

尉迟灵明：那天探完雪翁后，王公实要为雪翁备寿衣，谦兄要与之决斗！

芝正：冰精王也许真是那全备的武神，这秘法令雪翁体温 5 度，半瘫于床，只消转动眼珠，便可意念传话。

尉迟灵明：山神啊，他这到底是要成仙还是要仙去？

于其悯（对刘谦）：玩具和游戏是大脑里的春风吗？你不想看见人类的脑海变成冰川，发动诗人和商人在脑海里兴风作浪。雪翁怒斥，头脑发热会烧死志向！

刘谦：童心不死，春风不老，酒是我的家乡……（言罢倒地，卧在于其悯脚下）

酒保：我这个娱乐王买卖欲望，他这个阴影

王买卖春风。万仞山把我们从大海压缩成了脸盆。人类思想的受精卵即将被强行人工流产!

　　[王公实忽然进来。

　　尉迟灵明:热血传奇最近又卖了不少官爵和财神封号吧?

　　王公实:全城热议雪翁等人的修仙成果,原来人人皆可成仙!死去的人求那官爵和财神,已是过时往事,如今的垂死人,都在蜂拥竞拍天罡地煞的仙位牌。

　　芝正:"热血传奇"的招牌也该从码头升级成天庭了吧?!

　　王公实:全城唯一的灯塔是"热血传奇"码头,无家可归的难民们盖着寿衣寿被睡觉浪叠。今天,第 680 堵墙冻僵了吃喝玩乐的饭碗。(指着刘谦)雪翁下午体温只剩 1 度了,探问我刘谦是否浪子回头?明天他将随冰精王向全城推广低温成仙法。让我携你们一同去广场沐浴圣光。

于其悯（对酒保）：脸盆已然被压缩成碗盏！

酒保：天明前我会化身阴沟水流入大海，新工程新计划能挥手间日建百墙。越来越多的人将无事可干，空闲的人一潮高过一潮。希望雪翁的成仙法能让低温人类生存。

刘谦（大喊）：涨潮了吗？人类终于可以用海水充饥了！

［忽而，一声巨震，昏暗的地窖被强光照彻，司马英华带着举"冰"字旗的衙役闯入。她洗尽铅华，风流妖媚下她变成"灭绝师太"。

司马英华：

冰精王要消灭欲望的罪恶火源，

黄赌毒邪神竟还在用烈酒来吃人。

皈依冰精神的岛民们灵魂贵胜王侯，

革去邪欲的土壤，罪恶之火必将无处容身！

你的末日就是人类的春天！！（剑指保酒）

衙役（举"冰"旗，向众人挥舞，旗上铃铛声大作，众人萎倚在案子和椅子上）：冰精的铃铛是欲望的克星！冰精的铃铛是欲望的克星！

酒保：

你们擎起冰精神的指挥棒，
用真空和无菌的鞭子把人赶进地狱。
在这个连头皮屑都被认作脏乱差的家园，
吸人血的蚊子蟑螂正被这大地吸干精血。

[司马英华一挥手，衙役捂住酒保嘴带走。
[司马英华看四武士半晌，走到门口，回首说话。

司马英华：

冰精王呕心沥血规划万仞山，

外抵天灾人祸，内祛人心邪毒。

武士的本来是能力越大责任越大，

让民众回归纯净才能迎接圣洁的光芒。（言罢

欲走）

[于其悯一把扯下耳朵上的耳珰，血流如注，掷向司马英华。司马英华接住回首相望。

于其悯（怒斥）：

冰精国的面具之光虚伪而癫狂，

围筑成重重冷酷规矩童心死光光。

谁说为了金钱和地位才会骨肉相残，

冰精的雕塑需要满城的血肉来筑就吗？

耳环之血不死，见证我心！

司马英华（在门口）：

恩情的热毒污沁不了冰精的洁白！
你们速离此岛勿让我为难。（司马英华下）

尉迟灵明（从酒柜后惊叫起身）：

密柜藏有十坛百花酒，
还有酒保的乡土和百花种子。

于其悯（看着刘谦，远处传来雄鸡啼鸣）：天空睁眼了，你何时酒醒呢？

王公实：寿鞋都在往门外移涌，我去看看众人的动向。

尉迟灵明（对芝正）：我们也去广场探探圣光。（三人下）

[于其悯与刘谦亲爱，缱绻一处。

于其悯：

你是否在醉梦中回到家乡？

我们走得再远，脐带却连着亲娘。

我想让你驰骋在我身上回到家乡，

万仞山会不会冻僵我对你的欲望？

是你吗？那夜废墟的月光？

你照向我本来，串起了终点和起点。

你在月光下垂问废墟重建的方案，

冰冻世间是在恢复古老的秩序吗？

为何万仞山城墙越高百业越凋零？

为何民众被说成贵胜王侯却日益贫穷？

这天上透下的到底是月光还是日光？

为何如此炫目灼魄却又冻彻心魂？！

[黄昏。芝正、尉迟灵明、王公实三人一起上。三人各有所思，脚步凝重。

于其悯：天黑了吗？武士的精神冬眠了吗？

尉迟灵明：

几十万人插着"我们要成仙"的旗帜，
几具半僵的发光躯体被供奉在广场高台，
我测摸雪翁体温最多只剩 0.1 度，
抱病的冰精王给他们颁授"圣人"的勋章。

圣洁的光芒布撒面包成仙的法术，
明光过后，"慢吃面包好成仙"的盟誓震天动地。

王公实:

雪翁等被封"圣"时,

明光替换了空气。

广场上几十万人的赞歌声驱云撼日。

如水银般密匝的明光被人们争抢一光,

拥挤的人群,弃落的鞋帽,

黑灰两色覆没了广场的雪白。

我决心裸捐家产支持"面包成仙盟",

明光所照是没有欺凌和侮辱的净土!

芝正:

临街只开着一间米面铺还散发出霉臭,

发光"圣人"的启谕让人目盲耳聋。

一半的人在光脚奔走相告,

一半的人倚在墙角骨瘦如柴!

王公实：

你们看，黎明前的黑暗已经在撤军，

牺牲一代人换取未来代代能成仙。

你们听，万仞文明已被全城的凯歌封神，

人类在恭迎办理兑现程序中的未来之光。

刘谦（醉中大叫）：酒是我家乡，我不要在
异乡。

尉迟灵明：

山神在警告，

他已命炊烟托起乡人先离去。

芝正：

公正女神的利剑在怒鸣，

天秤坐标已从城墙飞遁去汪洋。

〔街上传来锣鼓庆贺声："恭喜雪翁仙去，贺喜雪翁圣人归天。"

〔众人悲恸，看着王公实。

王公实：他发一道光，照彻万年黑。

〔于其悯从酒桌上，用带血的手抓起一把百花种子给王公实，一把塞进他怀里。

于其悯：

我异能的眼睛看见了饿殍遍野，
百花的种子是我对你的祝福。

〔于其悯以沾血的手拿起一个酒壶，递给王公实。

于其悯：百花酒一壶你帮我转赠易荣，他体内半个人不喝酒，半个神兽需要供养。

[王公实接过酒壶，下。

于其悯（对尉迟灵明、芝正）：

迷信成仙的眼睛只能看见鲜花，
雪翁的死在催促我带岛民逃生。
刘谦已化身出去联络各方英豪，
你们可敢与我攻进牢狱广聚战友？

芝正、尉迟灵明：酒是我家乡，我不要在异乡！

第二场　突出重围

[最外层的城墙，城墙上废都鬼影和众恶鬼构成城门防线，气血充沛者方能逃生。于其悯、酒保、刘谦、芝正、尉迟灵明率众欲出城，城门口王公实拦住众人，赶来劝阻众人出逃。

王公实：

易荣让我走密径来劝降你们，

冰精王已诰令众军来追捕。

带着这几万血气枯竭的累赘,

恶鬼冰防线你们绝难突破。

易荣赠言:回头是岸,共沐冰精神光!

某甲:

我不想成为像植物人一样的圣人,

求求你让我成为有爱恨情仇的凡人。

某乙:

让我在疯狂的恋爱中死去吧!

没有口红和指甲油的日子我宁愿做个杀手。

[后面追杀声喧天,前面城墙上鬼影狰狞。

于其悯(对王公实):

诚实是忠诚于自己的灵魂而不是伤疤！

沿街的尸体都是你眼中怒放的烟花吗？

三千六百行冰冻成三个行业，你看见了天堂？

你的伤疤要吞噬世界才能不疼吗？

王公实：

是我的灵魂藏在伤疤深处吗？

还是我的灵魂本身就是伤疤？

于其悯：

拿出我送给你的百花种子，

你看看它如何挣破厚壳？

［王公实在怀里抓出百花种子，上面的血光在闪烁，俄顷百花盛开，从众人脚下直抵城外，鬼

怪的脸在城墙上冒烟蒸发。一股股花粉冲进众人身体，武士和民众血气大增，从东倒西歪变成健步如飞。王公实懵懂间跟上脚步。

众人：

我们走得再远，脐带都连着亲娘，
冰精王，你要斩断这从未断过的脐带吗？
百花盛开帮我们登上这脐带的桥，
冰精王，你要阻绝我们回到家乡吗？

于其悯：

我怜悯雪翁的心，
命令我逃离万仞山。

众人：

我怜悯自己的心，
命令我厌弃冰精王。

[司马英华带军队从后赶上，于其悯率众武士回拦，令酒保与众人先走。

于其悯：酒保率众先撤退，武士的荣耀来殿后。

酒保：海上有大船等候，等不到你们，以大船为壁垒决一死战！

司马英华：

冰精的寒潮正在灭绝最后的邪恶，
盲目的怜悯让你们怯懦和犹豫。
冰精王为拯救众生积劳成疾，

他忧心如焚，烧焦了心脏，

他借千年古尸来重塑心房。

于其悯：

你本来的风情可令海啸倒转方向，

恶龙在人类脸上掠走笑靥雕刻惊恐。

是什么在你脸上用寒冰置换了春风？

饥寒交迫的逼问被你听成鸟语花香吗？

[司马英华低头看着粗布衣，抬手摸着僵尸脸，从怀中拿出耳环，只见环上血光流溢，香漫天空，须臾，百鸟来朝，欢畅的鸟鸣声解冻了司马英华的脸容，众武士气血大增，司华英华欢悦地跟上脚步。

[易荣率军队骑兵追来，杀声震天，众军手执"正"字旗，铃铛声如雷鸣。

司马英华：

这是冰精王的"冰"字大军，
"冰"的巫术就是一切能量在他面前变成冰。

易荣（远远传音）：

武士的正确是坚决执行理想地图，
荣誉的正确是饿死是小节，宁死不受辱。
冰精王为众生用冰川替换了脑髓，
他的凯歌中岂容邪恶逃生！

于其悯（回应）：

为众生安居乐业而痛心疾首是理想，
为面具之光换心改脑是撒旦的幻想。
你是要做那植物人发光去当武神吗？
冻僵的尸体竟是你成仙的丹药吗？

易荣：为何我体内的神兽血脉在沸腾？

于其悯：那是你离开万仞包围后本来之性在发光！

易荣：为何我血脉在呼唤怀中的酒壶？

于其悯：那是你易氏血脉在庇佑！

[易荣拿出怀中的酒壶，壶盖不拔而冲出，内里喷出漫天七彩云霞，化为众武士的胯下云驹。易荣狂笑，大喝一口美酒，与众武士相拥一齐乘云腾雾而去。留下满地追兵在雾中铃铛乱响。

于其悯：

万仞山，你要冻灭我们的童心吗？

冰精王，你要阻断精子和卵子的生死之恋吗？

刘谦：酒是我家乡，我不要在异乡！

〔此时，雄鸡长鸣，追杀声远远落在逃亡者身后。众人下。暗转。

第三场　厄洛斯号

[不知过了几个春秋，巨轮载着几万人航行在漫无边际的汪洋上。此船名为"厄洛斯号"，船长便是酒保（下称船长），曾因冰精王政策逐渐收缩产业，便遣其手下打造巨轮，想在公海上建造娱乐王国。船造好，便已屯好大量衣食物料，逃亡的民众和武士一起上了此船。

[此时，船长室的外甲板上，船长设宴与易荣、司马英华、王公实、尉迟灵明同享。

船长：

厄洛斯号满血复活了，

你们神奇的比赛令我灵魂也新生了！

王公实：

厄洛斯灿烂的金翅膀撒下生机，

一艘船竟成了世上最繁荣的贸易圣地！

尉迟灵明：

奉上海底的珍珠，

胜过船长每天口舌的鲜花！

赌场和毒品我支持禁绝，

人间的浪漫船长可否悄悄为我开放？

易荣：

寒潮宣判需求是欲望和罪恶的热火，

需求被冻僵竟导致经济和生命的毁灭。

阴晴圆缺的真义竟然是热血蕴酿生机，

厄洛斯号不是黄赌毒，

因那厄洛斯是爱神也是创世神！

司马英华：

厄洛斯，你爱神的力量在巨轮上重演万物起

源！

船长：

赞美厄洛斯，你是伟大的创世神，

七情六欲推动的万物交会让生命诞生！

尉迟灵明：他们用当阴间人来反抗阳间人！

王公实：

厄洛斯号的衣食之源来自慷慨的大海，

我们无忧无虑了，

我们彻底解放了！

我们的感官自由了！

船长：

创世的游戏开启于五感六觉的竞赛，

人们发现天赋身体中藏着至妙的玩具。

他们玩耍得遗忘了光明和阴影，

他们在玩耍中开始生产和消费。

他们亿万次地让意识进出自己的感官，

玩耍竟把贸易都市召唤上巨轮。

真情切意地消费，狂热痴癫地生产，

全然忘记了这才是几万人的海船。

厄洛斯啊！武士们如何通晓财富的游戏？！

[于其悯牵刘谦手上场，芝正随行。

[船长和四武士起身向于其悯致敬。

于其悯：

我能看见十里外海鸥的泪水，

我还看到了数万人涣散的眼神。

我想起当面看不清焚琴子的表情，

我看见了五感六觉的外面套着塑料袋。

大都市的时尚少我三岁，

我要让他们亲手触摸时间的洪流。

一种标签，一个标准的时代过去了！

这时尚标签难道是阴魂不散的冰精王？
这时尚标签难道是光天化日下的阴影王？
多元化的个性张扬竟然走向一个终点？
不！我们依着本来之光的太阳寻见亿万个
方向！

刘谦：

亲身示范让他们体味到五感六觉的奥妙。
你让人类明白贫穷的定义是塑料人！

船长：

听！那首定义贫苦的诗歌在船上咏叹奏唱，
门上、饭桌上，洗手间里都有诗神在发问。

[众人莞尔，齐声朗诵。

众人的朗诵：

贫穷的惶恐才是贫穷，

逃离贫穷的动力创造出贫穷的牢狱。

你还会吃饭吗？

口舌上的交响曲你懂品尝吗？

你还会听声音吗？

耳朵里的酸涩苦辣你懂分辨吗？

你还有视觉吗？

眼睛里的轻重缓急你还能区别吗？

你没成植物人吧？

肌肤上还有春夏秋冬和风花雪月吗？

贫穷是隔着塑料袋表演着至美享受，

富裕是每一秒钟都体味着彩霞。

冻僵麻木就是塑料人，

贫穷就是你身体还在家乡，心灵却已在异乡。

芝正：鼻子富裕了，他们用鼻腔中的矿物研制起香水。

司马英华：皮肤富裕了，他们用肌肤上的春花秋月研制出布料。

王公实：耳朵富裕了，耳膜上的五味杂陈铺排出声音的舞蹈。

船长：他们生产和消费着创世神带来的生机。

于其悯：冰川杀死火山必会毁天灭地！

[说话间，远处传来巨雷声，大蘑菇云直冲霄汉。

船长：那是万仞山的方向！我的热土没有了童年！

[身后近处传来二十一声礼炮，一艘三层海船挥舞着和平旗靠近。众人低首俯看，忽觉"厄洛斯"号变成了凌云巨城，海鸥在半腰飞翔，白云似触手可摸，靠过来的海船直如蝼蚁般渺小。

众武士和船长（议论）：

厄洛斯的神光改写了时空？
还是我们迎来了小人国的使者？

[众武士比划热议惊赞间，使者上场。

使者：

卑微的使者向众仙长致敬！
我带来十个国家的贸易请求。

船长：

在海上费尽几个春秋未遇陆地，

你们如何寻到厄洛斯号？

使者：

海上仙船七彩霞光燃艳星空，

一甲子来，众王国都在探问是谁误坠红尘？

美人鱼和海盗传唱着误入仙岛的童话，

传说仙境中昼夜举办着四海龙王的集市。

众武士与船长（相视而语）：

时间被冻僵了吗？

空间发育成熟了吗？

于其悯：我看到了厄洛斯号上有百万人口。

刘谦：我能辨识出几万人的遗传图谱。

易荣：神兽的血脉看到了生育的脚步。

司马英华：贸易都市已发育成繁华盛世！

使者：

美人鱼和海盗们供奉给王宫的礼物，

让国王们宁可退位，也要到仙船落户。

他们身体在故土，心灵却已把仙船当家乡。

刘谦：古有箴言，武有七德，其中一德是丰
富财物。

易荣：

我明悟了本来的力量！

辨物、烹饪是对能量的洞察，

调和五味是让能量去交会。

关注火候是对能量的掌控。

天赐我口舌的本来竟然是武神之路！

刘谦：

能量的规则竟然是武神的奥义？

五感六觉的天赋竟是每个全备武神的道路？！

于其悯：

五感六觉甄别能量是需求的深化细化，

难道全备的武神竟还是财神的老师？

众武士：难道全备的武神竟还是财神的老师？！

于其悯：

五感六觉的复活让人撕破塑料袋，

深化、细化、广化的需求让生命鲜活绽放，

全备的武神引领人类享受繁荣盛世。

富有的定义就是身躯在异乡，心灵却已回

家乡。

后浪美学

[一日，船行某处，忽闻远处飘渺而来美乐，似天籁，似精灵合唱，似舞动万物。七武士在船上，闻声议论。

　　[海天一色的晚霞。

　　司马英华：听，这歌声，挥舞光霞把海天织成一面锦图。

　　于其悯：是美人鱼的群舞吗？这歌声颠倒了上下四方。

　　尉迟灵明：看，是谁一剑劈开了云天和海浪？

　　芝正：刀落生死两分明，那是武神的歌？

易荣：难道我们看见了鲲鹏？其翼若垂天之云，水击三千里！

刘谦：那是大陆，从未有人见过的大陆，全新的大陆！

王公实：武神的歌，武神的大陆。一定就是他！

[歌声似远又近，众武士凝神倾听。月亮渐升，月光灿然，倾照海面。

众武士：难道真是他？

于其悯：这歌声能令月光醉舞。我们踏着歌声去寻，月光中印烙他的踪迹。

[船愈近，利刃般的黑线终于竖起高岸，一座辽阔的大陆，武士们登岸。

刘谦：此处月朗星灿，群星与月争艳。山川

大河莹莹七彩，好一处若幻实真的仙域灵境！

易荣：望那众丘拥峰，密林峭岩相垒互衬，松虬鹤舞处有碧落千尺，水雾与月光同舞，泉波与星光共辉。

尉迟灵明：那处是村庄吗？修竹掩檐，良田似绵延云海，碧池如珠遗草甸，地上的光竟可承接天光。

于其悯：听，是都市传来的欢笑声吗？满天星辰般浓郁的雾光，是萤火虫吗？这画境妩媚，撩我心房。

司马英华：啊，这处花草如云蒸霞蔚，供奉着整园的五色瓜果，麋鹿和兔子在与猴雉戏耍。那歌声的足迹是从这处滑过的吗？

王公实：那里有一条通向城镇的路，两旁林立的风车夹起那如莹幽光带的大道。

易荣：这大道的光带有恢弘之气，是凯歌留下的余温吗？

[众武士走上光带大道，双足立定，便由温煦春风般的动能带领，坐卧行立皆如在母胎中，前行速度由着心愿，疾缓随意可控。

刘谦：

这是哪般仙法？
五感六觉全面鲜活，
身体的每一个细胞都在和世界交谈，
沉寂多年的心中竟有明光在萌动？

易荣：

这是仙神大陆吗？
这脚下的路带着我们移动，
快胜奔雷，慢如游丝，
比呼吸还随心所欲的高速路。

尉迟灵明：

哦，这是混沌大陆，

说是新生的大陆，

心有存疑便自涌解答，

为什么就是不回答武神在何方？

刘谦：

这风车在发电，

这道路也在汲取星月光能发电，

这么多电能岂不是可以推动这大陆四处

飘游？

尉迟灵明：

那田间铁马在运货，木牛在耕作，

除草播种竟都是机关运作。

我马上通报山神，

让炊烟把乡人载来此方。

易荣：

那乡间人正在用膳，

为何竹箱木柜在自动烹饪，

那菜肴五味调和六色俱全？

芝正：

我闻到了那米饭的香馨，

大米里的所有精灵都发芽开花了。

司马英华：

我看见了他们的衣服在亲吻着肌肤，

每一根汗毛上都润泽了雨露。

于其悯：

整个村庄如同一个生命，

乡人的举止和屋檐修竹混然一体，

村庄的呼吸和砖瓦家具谐振同频。

刘谦：

慢下来吧，再慢一点，

让我们多看一下孩童的笑容和皱纹的慈柔。

于其悯：

啊，这道路直接进入了时间的慢镜头，

那妇人看她男人的眼神蕴含了三十六种风情，

那眼液中变幻了九种温度。

司马英华：

这一眼的色彩令烟花暗淡，

这一眼的风华令江河倒流。

王公实：

我们还是快去城镇吧，

这村庄的谐和妙境连飞蛾都不愿惊扰。

尉迟灵明：

咦，蚊子、苍蝇、飞蛾都在村庄之外耍闹，

莫非它们与人类也有了君子协定？

芝正：

看，那男人奏响了乐器，

老少男女都在蹈舞吟咏。

易荣：

五百年前，我家族的晚宴不过是如此风情！

刘谦：

这里空气的味道，

是五谷和果蔬的精灵家园。

这里万物谐和共生！

于其悯：我想速去城镇观光。

［众武士入城。

于其悯：

啊，饰品城竟然是一座花园，

光耳环就有五万种风格特色。

口红有五千种果花香味，

每个类型都有三千种颜色，

我要在这儿定居当一只蝴蝶。

司马英华：

哇，披肩、披手、披足、披膝、

眼罩、耳护、鼻塞、齿套，

每一处都有风情绽放的炸弹，

我武装一下，满天星星会不会为我闭目？

芝正：

儿童娱乐城！

足部娱乐区有三百六十个游戏，

鼻子有二千种游乐方案，

连尾椎骨也有二百种游戏，

这里的孩子谁还想长大成人？

尉迟灵明：

看！少年娱乐城、青年娱乐城、

中年娱乐城、老年娱乐城、百岁娱乐城，

每一座娱乐城都丰盛如同童年，

人是不是可以每天变年龄呢？

甚至是每天十二个时辰，

活成十二个年龄状态，

晨老午壮夕童年！

易荣：

成人玩具城，老年玩具城，百岁玩具城，

男女老少的想象力都配备了一百个黑洞吗?

刘谦:

书店里书名真惊绝,

《三万六千种石头的前生后世》

《三千种泥土的美肤配方》

《酸味的六千种挑逗》

《眼液的七十二变修炼》

《自然调鼻形四千七百法》。

尉迟灵明:

这里的灯光非烛非电,幽明而恬静,

竟是月光和星光的吸收和放大效应,

难怪在这街镇上武士能量不减反增。

这街镇竟是修炼的洞天福地。

易荣：

这城中竟无一处喧腾斗殴，

城中的那位捕快慎肃而舒坦的表情真可爱。

刘谦：他们之间似乎有一套发乎真心的尊卑秩序。

王公实：精灵们不断地在研究人的五感六觉，那三千种包子馅，据说是不断迭代更新的成果。

易荣：这小城竟有上千支乐队，几百种乐器被他们玩出上万种光谱图。

刘谦：这莫非就是焚琴子说的新人类之地？

易荣：我仿佛看到几千年前贵族游园，这里的人都各具神采，言行皆生风兴云，语默间星月耀晦。

尉迟灵明：难道这城镇中都是仙人？

刘谦：我察测大多并不尚武，却人人气定神闲，风姿绰约。

司马英华：刚才我与四五男子饮酒相谈，他们看我时目光如炬，言行举止，随心所欲而不逾矩。

芝正：他们热情鲜活，却节礼守序。古老的秩序用少年的方法复活了？（对于其悯）你拧一下我脸，测探我是否在梦游！

[远处隐约传来武神之歌，越来越清晰。

尉迟灵明：一定是武神，难道这是他对我们的试探？

刘谦：我记得这歌声，它能令我柔顺服帖。

易荣：我的血脉在随歌腾伏，一定就是他！

于其悯：万里寻你千百度，我们终于追上了你的背影。

[众武士循歌而去，在高速路上风驰电掣，越过高山，飞渡河川，来到了一处辽阔的草原。

刘谦：此处我梦中来过，冥冥之波在呼唤我。

易荣：月光如酒，星光如蜜，定是不凡之处。

于其悯：这里是王宫的废墟？这草和石头上都有武神的气息。

尉迟灵明：废墟的断壁残垣毫无踪迹。

司马英华：那歌声留下的体温还在现场。

[一美少女上场，徐步而来。

刘谦：鄙人刘谦，敢问女君是仙是人？可曾见过一美少年在此放歌？

少女：正是我的歌声带着你们踏遍了时空。

于其悯：我们要追随的全备武神，他俊逸神武，怎会是个纤弱女子？

[少女戴上面具，再现当日废墟之歌。

美少年的歌：

有一种感觉，

我难以磨灭，

它令我舒畅，

难以忘却！

它好像一把刀子，

叫我生，令我死。

它好像一石谷米，

饱我肚腹，养我生息。

它是一壶酒，

令我欢喜，带我神游。

它是一堆篝火，

我变光明，万人呼求！

它是一座桥，

挡风蔽雨，托我过河。

它是这明月，

伴我归程，唱响凯歌！

这月光从何处涌来？

这月光又照向本来！

这地方毁灭了，

何日再重建呢？

这是终点，这是起点，却都是未来！

[众武士良久唏嘘，焚琴子长笑而上。

众武士：老师！

刘谦：全备的武神到底在何方？

焚琴子：她就是我要你们追随的人。她具有
完备大能，但她不是武神！你们沿途可有收获？

刘谦（对焚琴子）：这大陆，莫非就是您说过
的"多了一种人类"？我脑海中的黑洞竟吸收不

了他们的能量。

焚琴子:

你们在废都鬼屋悟到了什么?

你们在化蘖池边悟到了什么?

你们在千仞山和冰精王那里悟到什么?

你们在厄洛斯号上又悟到了什么?

我重问人间,

播下你们七颗种子。

我在这里已然静候你们多时,

我笑看你们跌倒、迷路、

徘徊逡巡或觉悟前行,

每一步的汗渍和血泪都被灵会山的巨石印记,

你们终于踏着月光来到了自己的心灵大门!

众武士: 自己的心灵大门?

刘谦：

那被人遗弃的，

那与生俱来的，

那性情根底的，

那未来鲜活的，

每一步都是疑惑，

每一步都重现光明。

焚琴子：

这里是全新的世界，

这里也是起初的天地。

混沌已偷偷地辟出这"后浪"的新大陆。

前所未有的起点迎向终点，这就是未来！

易荣：

他们都依着人本来的性情？
为何个个气定神闲，如绝世高手莅于人间？

　　芝正：这古老的秩序为何以青年的面目满血复活？

　　梦琴子：

天秩品序在各种性情游戏中隐藏，
塑料人只看见一种能量的规则。
兴趣人是多种规矩的平衡者。
　　丢失了兴趣的人类只能像你们一样历劫明悟！

　　（指着少女）
她不是武神，却高过武神，

她大能神通，她催生万物，

她创造财富，她决断生死，

她带来快乐，她贯通上下。

她的名字，叫作美！

众武士：美之神引领我们上升！

［剧终］

二〇二〇年十一月于甪直、上海、广州。